英語で古典

和歌から はじまる 大人の教養

ピーター・J・マクミラン

KADOKAWA

和歌からはじまる大人の教養──目次

装丁　ササキエイコ
編集　河野通和

一　古典のこころ

天《あめ》の海に　雲の波立ち　月の舟
星の林に　漕ぎ隠る見ゆ

（『万葉集《まんようしゅう》』巻七・一〇六八番、柿本人麻呂《かきのもとのひとまろ》）

現代語訳
天の海に雲の波が立って月の舟が星の林に漕ぎ隠れていくのが見える。

Cloud waves rise
in the sea of heaven.
The moon is a boat
that rows till it hides
in a wood of stars.

森（forest）か、林（wood）にするかで悩んだ。英語の感覚では、woodでは小さすぎて月は隠れられないが、この矛盾こそが詩的なのだと、後者を選んだ。

私が最も好きな歌のひとつだ。この歌に流れる情景は読む者に衝撃を与え、輝くように新鮮な、幻想とよろこびの世界を描き出す。最初のイメージは海に見立てられた夜空。二つ目は、波のように昇る雲。三つ目は月を舟の姿に重ねる隠喩である。下弦の月はまさしく舟のような形をしており、「月の舟」の喩《たと》えはぴったりだ。

この歌はしかし、最後に舟を星の林に向かって漕《こ》ぎ入れさせることで、「空の海」というイメージを壊す。海の真ん中に林があるだろうか？　どうやって舟（＝月）が星の中に隠れようか？　どちらも不可能なのだが、矛盾する情景を自由自在に示すことで、子どものような美しいものの見方を、さらに豊かにしている。現実にはあり得ない二つのイメージを共存させ、論理を超えた真実を表す。「子どものような」とは、この純粋で素敵な力のことを指す。

世界を子どものように新鮮な眼差《まなざ》しで見つめる――。繊細さと美に満ちた力は、この『万葉集』の「月の舟」や、その他たくさんの歌を、世界文学における宝物としている。しかし『万葉集』は、それにふさわしい十分な英訳をまだ得ていない。

夜空の星のようにきらめき、数え切れない歌という宝を、皆さんと見つめたい。そして、これらの歌をどのように英語に翻訳すれば日本文化の素晴らしさを世界に発信できるか、一緒に考えていただきたい。

わが園に　梅の花散る　ひさかたの
天より雪の　流れ来るかも

現代語訳

わが家の庭園に梅の花が散る。（ひさかたの）天から雪が流れてくるのだろうか。

（『万葉集』巻五・八二二番、大伴旅人《おおとものたびと》）

Plum-blossoms
scatter on my garden floor.
Are they snow-flakes
whirling down
from the sky?

「天（あめ）」をheavensではなくskyと訳した。幻想的で神々しい「天」を意味するheavensよりも、現実的な「空」であるskyから花が流れてくるとする方が、英語ではかえって幻想美を際立たせられるからだ。

何年か前、万葉集の研究における第一人者にお会いする機会があった。その方は「万葉集はまだすべて英訳されていない。あなたがやりなさい」と言った。四五〇〇首だから、一〇年もあればできる、と。一〇年！　私はその途方もなさに笑ってしまった。しかし、その方の言葉は頭を離れなかった。

ゆっくりと、私の万葉集への関心は育っていった。二〇一八年、万葉集についての講演を頼まれてから、翻訳への興味は、さらに燃え上がった。なんだか、この歌集を訳すように、すべてが自然とそう向かっているように感じられた。

だから二〇一九年の春、新しい元号が万葉集からきていると知った時の驚きと感慨は、言葉にできなかった。私の仕事の多くは古典文学に関わるものだから、その言葉が歌集、それも偉大な文学作品を出典としていることに、わくわくした。翻訳の仕事を、大きく後押ししてもらったように感じた。

ここでは「令和」の出典となった序文をもつ梅花の宴の歌のうち、宴の主催者である大伴旅人の歌を紹介した。「見立て」は日本文化の重要な概念の一つで、あらゆるジャンルに影響をおよぼしている。見立てとはあるものを別のあるものに置き換えたり、一体化させたりして捉える発想である。この歌の梅の花と雪の場合は前者であり、漢詩にも好まれた雪と梅の比喩を、清らかに歌い上げている。この見立ては欧米にはないものなので、とても新鮮に映る。

変化する時代のなかで、日本にいる人々が、旅人の思い描く空に流れた花びらと同じくらいたくさん、幸福であるように祈る。私はついに覚悟を決めて、万葉集の翻訳に取り掛かってみるつもりである。

目にかかる　時やことさら　五月富士

（『芭蕉翁行状記《ばしょうおうぎょうじょうき》』、松尾《まつお》芭蕉《ばしょう》）

現代語訳

富士の山容に間近でお目にかかることのできるのは旅の時だけ。雨月雨のわずかな止み間、『伊勢物語』の東下りにある「五月」の富士に出会えた喜びはひとしおだ。

〈1〉 How special the moment
it comes into view —
Famous Fuji of summer!

〈2〉 Especially, especially,
coming upon the famed
Fuji of summer!

富士山に対する芭蕉の親しみの念が伝わるように、文語的なfamedではなく口語的なfamousを用い、また原文と同様にMount（山）は省いた。芭蕉の句は臨場感が重要になるので、現在形でcomes into viewとした。

一六九四年の梅雨のただ中、松尾芭蕉は上方への旅に出発した。彼の人生最後となった旅である。箱根の関を越えると富士山が見えた。芭蕉は二つの理由で驚き、喜ぶ。

一つには、曇りがちな梅雨時だというのに富士の姿を拝めたこと。もう一つは、『伊勢物語』の和歌に「時しらぬ山は富士の嶺《ね》いつとてか鹿の子まだらに雪の降るらむ」と詠まれたのと同じ富士を自分も見ることができたことである。『伊勢物語』にはこの歌が「五月《さつき》」に詠まれた歌で、夏なのに山は雪を戴《いただ》いていた、と書かれている。

芭蕉の「ことさら五月富士」という表現には、梅雨時の富士と『伊勢物語』の富士、二つの予期せぬ出会いの喜びがある。

ただ、こうした背景は句には直接書かれていない。ここに日本の詩歌の翻訳の難しさがある。「五月」を直訳すると「fifth month」だが、これは詩的ではない。「May」、あるいは現代の暦に合わせて「June」とすると、六月の富士山に何か別の背景があるようにも見えかねず、

『伊勢物語』を連想しにくくなる。この場合は「五月」を「summer」の語で置き換えるのがベストだろう。もう一つの問題は「ことさら」の文学的背景をどのように伝えるかということだが、「famous」の語を用いることで『伊勢物語』との関連性を暗示することにした。

芭蕉は、わずか一七音の中に、過去の文学作品への暗示を幾層にも織り込みながら、臨場感あふれる句を詠んだ。この句はまさにその好例である。短い句でも、翻訳には困難があふれている。その困難を解決していくことが私にとっては喜びなのだ。ここでは改訳〈1〉と初訳〈2〉の二つをご紹介した。翻訳の過程の一端を感じ取っていただけるだろうか。

睦《むつ》まじや　生まれかはらば　野辺の蝶《ちょう》

（『七番日記』、小林一茶）

現代語訳

仲睦まじいことよ。生まれ変わることができたなら、仲良く飛ぶあの野辺の蝶のようでありたい。

What harmony —
When reborn
I'll be one of those
butterflies
darting around together
on the
f i e l d s

視覚的な翻訳を試みた。単語の配置と、最後の行はfieldsの文字自体を切り離すことにより、蝶が畑を飛んでいる様子が眼に浮かぶように表現した。

三月一七日のセントパトリックスデーにちなんで、私と同じくアイルランドにルーツを持つラフカディオ・ハーン（小泉八雲）の記念館を訪れた話からはじめたい。松江市の小泉八雲記念館では二〇二三年の六月一一日まで虫を詠んだ詩や俳句を展示していた。私の心を最も揺さぶったのは芭蕉の門人だった河合乙州《おとくに》の次の俳句だ。「虫よ虫鳴いて因果が尽くるなら」（虫たちよ、命の限りの鳴き声が、因果を免れる救いのためならば、さあ鳴きなさい）。仏教的な救いを求める声を虫の音に聞きとった句に日本文化を感じた。

この句と同様に輪廻転生《りんねてんしょう》と虫が詠まれている小林一茶の句を取り上げる。相続をめぐって弟と揉《も》めたことを詠んだものとされているが、輪廻転生への思いに注目したい。この句を読んだ時、蝶が舞うように次々にイメージが転換することに驚いた。上五では「睦まじ」さ、つまり調和を詠み、切字をはさんだ中七で輪廻転生という全く別の話題へと転じる。そして下五は叙景に移り、楽しげに飛ぶ蝶が描写される。

下五を読んで初めて「睦まじや」が蝶の擬人化であったことに気付かされるのである。この擬人化によって、調和を望みながらも、残念ながら、蝶のようには無心に仲良く生きることができない人間の悲しさが見えてくる。英訳では蝶が舞うような視覚的な訳を試みた。

仏教において、蝶は故人の魂を浄土に運ぶ存在であるとされ、小泉八雲の怪談「安芸之助の夢」でも、黄色い蝶が安芸之助の魂であるとされている。野辺に睦まじく飛んでいる蝶は、かつてだれかの魂であったかもしれない。

実は私は嵯峨の自宅を「一寸虫庵」と命名したほど、小さな虫が大好きだ。三月上旬から中旬にかけては、二十四節気では啓蟄《けいちつ》の候。大したおもてなしもできないが、せめて春の穏やかな光と風、鳴き始めたばかりの鶯《うぐいす》の音色で虫たちを歓迎したい。

古《いにしへ》も　今もかはらぬ　世の中に
心の種を　のこす言の葉

（『衆妙集《しゅうみょうしゅう》』、細川幽斎《ほそかわゆうさい》）

現代語訳

古も今も変わらぬ御代《みよ》に、人の心の種を映し出して残すのが和歌である。

These days as in ancient times
in your unchanging realm,
the seeds of the human heart
blossom in words,
remain in waka poems.

心の種という素晴らしい表現を英訳するにあたって、隠喩をさらに発展させ、seeds of the human heart（人の心の種）blossom in words（言葉に咲く）という表現を加えた。

細川幽斎は戦国の動乱期を生きた武将でありながら、和歌・茶道・料理などに精通した当代屈指の文化人であった。彼は和歌の師である三条西実枝《さねき》から、『古今和歌集』に関する秘伝の講釈を受けた。『古今和歌集』の難解な歌や語の解説を秘伝として師弟、親子の間で伝えていくことを「古今伝授」という。秘伝である以上簡単に受けられるものではないが、当時の三条西家の子息が年少であったり短命に終わったりしたため、幽斎が一時的な継承者としてその系統を守ることになった。

唯一の古今伝授継承者となってしまった幽斎は智仁《としひと》親王への古今伝授を開始した。しかし戦乱の世ゆえに伝授は中断。田辺城（現在の京都府舞鶴市）に戻った幽斎も石田三成による丹後攻めに備えて籠城《ろうじょう》した。その知らせを受けた智仁親王が和睦を促すも幽斎は応じない。それどころか自身の死を覚悟して、資料を親王に届け、それをもって伝授を完了しようとした。その折に詠まれたのが今回の歌である。

「古も今も」は『古今和歌集』を暗示、「心の種」と「言の葉」も同集仮名序からきている。訳に反映するのは難しいが、以前仮名序を訳した際に用いた表現（『日本の古典を英語で読む』に収録）や『古今和歌集』の書名を取り込むことで、その雰囲気を出した。辞世の言葉のごとく決死の覚悟で詠まれた歌に『古今和歌集』が踏まえられているというのが大変素敵である。

最終的には、後陽成《ごようぜい》天皇の勅命が下り、幽斎は城を明け渡した。関ケ原の戦いの後、伝授は無事に完了する。天皇が勅命を出すほどに、和歌やその伝授が重んじられていたということは驚きだ。『古今和歌集』をはじめとする和歌とその継承が日本という国にとってそれほどまでに大事なものであったということが垣間見える。なんとも感動的なドラマだ。

二 日本的感性

奥山に　紅葉ふみわけ　鳴く鹿の
声きくときぞ　秋は悲しき

（『小倉百人一首』五番、猿丸大夫《さるまるだゆう》）

現代語訳
奥山で紅葉《もみじ》を踏み分けて鳴く鹿の声を聞くときは、秋の悲しさが身にしみる。

〈1〉 Rustling through the leaves
going deep into the mountains,
when I hear the lonely deer
belling for his doe,
how forlorn the autumn feels.

〈2〉 In the deep mountains
making a path
through the fallen leaves,
the plaintive belling
of the stag —
how forlorn the autumn feels.

季節の歌には、自然のイメージを複数組み合わせるものが多い。春の「梅」と「鶯《うぐいす》」、夏の「橘《たちばな》」と「ほととぎす」などだ。この歌にも「紅葉」と「鹿」という伝統的な秋の景物が二つ用いられている。悲しげな鹿の鳴き声は、遠方の恋人への愛慕の象徴として、古くから詠まれてきた。

日本語では主語が省略されることが多く、複数の解釈が成り立つ場合もある。この歌の場合、「紅葉ふみわけ」の主語を鹿とするか、歌の作者とするかによって、異なる二通りの解釈が可能になるが、英訳の際にはどちらかに選択を迫られる。というのも、すべての文は必ず主語をもつ、というのが英文法の重要なルールだからだ。この歌の英訳でも、最初のバージョンには主語が入っていた。しかし、何年も考えを巡らせたのち、主語をどちらにも読み取ることができるような、もとの歌に近い再訳を試みた。詩の創作においては英文法上のルールを破ることが許容される。

西洋の詩ではワーズワースの有名な「I wandered lonely as a cloud」のように、主語は常に思考する主体であり、自然と対立し、自然を眺めている。しかし和歌では作者が自然の中にいてその一部として物事を描写することがよくある。今回の歌も人と自然が混然となり、素晴らしい詩的表現が生まれている。

主語の明示を避けた結果、曖昧《あいまい》さの残る英訳になったが、かえって日本文化の重要な特質である、自然と人間との近しさを効果的に伝える訳詩となったと思う。

埋もれ木の　花咲くことも　なかりしに
身のなる果てぞ　かなしかりける

（『平家物語』巻四「宮御最期」、源《みなもとの》　頼政《よりまさ》）

現代語訳

埋もれ木のように目立たない私の人生であったが、挙兵の果てにこのような最期を遂げるとは、実に悲しいことであるよ。

I am like the half-buried tree
that bore no flowers,
so it is sad for me
to end my life like this.

紹介したのは源頼政の辞世歌。頼政は清和源氏の一つである摂津源氏の出身で、七五歳で従三位・非参議に昇進するなど、長く中央政界に生き残り続けた。それのみならず、歌人としても活躍した。『詞花和歌集』以降の勅撰集《ちょくせんしゅう》に計六一首入集しているほか、『源三位頼政集』という私家集もある。また、藤原俊成《しゅんぜい》など同時代の歌人との交流も持っていた。

そんな頼政は、治承三（一一七九）年の平清盛によるクーデターの後、反平家の立場を固めるとともに、同四年四月には、清盛に幽閉された後白河院の皇子である以仁王《もちひとおう》に挙兵を勧めた。しかし、翌月には挙兵の計画が露見してしまう。結局、平家に追われる立場となり、宇治に追い詰められた頼政は、平等院で切腹をする。その直前に詠まれたと『平家物語』に伝えられているのがこの歌である。

実は、この歌には、結句が「あはれなりける」となっている本文も存在する。『平家物語』の諸本の変遷を踏まえれば、「あはれなりける」の方が古い形であるそうで、「哀《あはれ》」と漢字で表記されたものが「哀《かなし》」とも読めることで、「かなしかりける」に移行していったと考えられるようだ。

花が咲くこともなく、実がなることもなかった「埋もれ木」に自身を重ね、我が「身のなる果て」は悲しいものであったと振り返っているのである。

頼政は辞世の句を詠み、切腹自害をした。西洋には、辞世の文化も、彼のように文武両道の存在も稀有《けう》である。頼政の死には武士らしい潔さを感じる一方で、悲しみの極まる瞬間にこのような歌を残したことに感じ入る。

辞世の歌を遺《のこ》した頼政は、最期まで歌人でもあり続けたのだ。

敷島の　やまと心を　人問はば
朝日ににほふ　山桜花

（自画賛、本居宣長）

現代語訳
大和心とは何かと人が尋ねるならば、それは朝日に照らされて美しく映える山桜の花だと答えよう。

When asked what is the heart
of the Yamato people,
I'll say it's mountain cherry blossoms
beautiful in the light
of the morning sun.

一七九〇年、本居宣長が自画像に添えた自画賛である。「朝日影にほへる山の桜花つれなく消えぬ雪かとぞ見る〈朝日の光に美しく照り映える山の桜は、朝日にも平然として消えない雪のように見える〉」(『新古今和歌集』巻一・春上・九八番　藤原有家朝臣)という歌を本歌としている。宣長の代表歌として知られる。

「大和心」や「大和魂」という言葉は、古くは漢文の知識や学問と対立する概念で、実務的な能力や思慮分別ある人柄のことを指した。しかし、宣長ら国学者は、この言葉を中国の「からごころ」に対する日本固有の民族性を指す言葉として使う。宣長はこの歌で、日本の心を朝日の光のもとで美しく咲き誇る桜にたとえた。

しかし、この日本観は時代とともに変質する。尊皇攘夷《じょうい》運動が盛んになった幕末ごろから、この歌の「山桜花」を「散る桜」と解し、潔く散ることこそ日本固有の精神だとする解釈が現れ、浸透していく。戦時中の小学校の国語教科書にはこの歌が記載され、学校教育を通じてその愛国精神が強調された。太平洋戦争末期、海軍の神風特別攻撃隊には、「敷島隊」「大和隊」「朝日隊」「山桜隊」という、この歌から取られた名の部隊があった。自ら戦争で命を散らせることと、この歌とが重ねられていたのだ。

こうした歴史を知り、この歌にも日本にも「散る桜」のイメージがなかった私は驚いた。この美しい歌が戦争に利用されたことを悲しく思った。文学が戦争によりイメージをゆがめられた例は他にもある。惑わされず、客観的に鑑賞するようにしたいものだ。

外国人である私は、日本人を桜のようだと思っている。しかし、それは潔く散る桜ではない。風に揺れる満開の桜の、清らかな品格ある姿こそふさわしいはずだ。

願はくは　花の下《した》にて　春死なむ
そのきさらぎの　望月の頃

（『山家集』七七番、西行）

現代語訳

できることなら、桜の花の下で春に死にたい。（釈迦の入滅された）二月の満月の頃に。

It is my wish that I may die
around the same time
as the Buddha passed away,
when the moon is full
and under a cherry tree in full bloom.

西行は平安時代末期の僧侶であり歌人である。世を捨て、旅の中で独自の歌境をひらいた西行の名声は生前からすでに轟《とどろ》いていた。例えば西行が鎌倉を訪問した折、源頼朝は自ら招いて面会し（『吾妻鏡』）、また後鳥羽院は西行を「生得の歌人」「不可説の上手」と評した（『後鳥羽院御口伝』）。

この歌には釈迦への敬慕と、西行が何より愛した桜の花と月への思いが共存している。満月の頃・満開の桜の下・釈迦入滅日と、願望を三つも挙げているのは、名利を捨てて旅の質素な暮らしを送った西行にしてはとても豪華な最期の舞台を願っているように見える。この落差には意外性があるが、説得力もある。その願望は煩悩とも言え、非常に人間らしい。しかし、彼の欲望は自然のもたらした恵みにしか向いていない。これは、西行が深い精神性の境地に至っている証拠でもあるといえよう。凡人の煩悩と、美しい景物のみを求める彼の清廉な心との溝が、西行の唯一無二の才を示している。

寺澤行忠氏の『西行―歌と旅と人生―』（新潮社）によれば、藤原俊成は、この歌の死を希求するテーマ自体は批判しつつも、深く道に達した西行だからこそ上の句と下の句が調和して、すぐれた歌になっているとしている。文治六（一一九〇）年二月一六日、西行はこの歌の通りの最期を遂げ、それに感動した慈円、藤原定家、俊成らが、西行の歌を引用して、哀悼する歌を残した。

寺澤氏の本では、西行が神道と仏教の共存に果たした役割、松尾芭蕉への影響なども語られる。西行は歌人の中の歌人であり、西行を絶賛した俳人の芭蕉と同じく、世界に誇れる歌人だと私は思っている。彼が日本文化の発展に果たした役割を知ってほしい。そして私自身も、世界中に西行のことを知ってもらえるように努めたいと思う。

三恋

由良の門《と》を　渡る舟人　かぢをたえ
ゆくへも知らぬ　恋の道かな

（『小倉百人一首』四六番、曾禰好忠《そねのよしただ》）

現代語訳

由良の海峡を渡る舟人が櫂《かい》を失って途方にくれているように、行く方もしれない恋の道であるよ。

Crossing the Bay of Yura
the boatman loses the rudder.
The boat is adrift,
not knowing where it goes.
Is the course of love like this?

歌の主人公と舟人との区別がつきにくい言葉遣いに特色のある歌である。目立つ修辞のない和歌なので、英訳では修辞的な質問を用いることで強い主張を表現した。

外国人の目から見ると、『百人一首』の和歌には二種類ある。一つは、愛や自然のようなテーマで、普遍的な隠喩を持っていて、世界中の誰にでも理解できるもの。もう一つは、日本の独特な感性と美学を反映しているもの。桜の花を詠むことでいのちのはかなさを表現する、『百人一首』の九、三三、六六番のような歌だ。

この歌は前者。櫂を失った舟人がどこへ向かえばよいかわからぬ自分に気づくのは、恋する者の、どうしようもない、道を失ったような気持ちの素晴らしい比喩となる。話の筋道が見事に通うとともに深い感情も感じさせる。『百人一首』の中で、私のとても好きな歌だ。

その歌、その作者が、日本の読者の間ではさほど有名ではないと聞いて、驚いた。作者曾禰好忠は、呼ばれていない歌会にやってきたという逸話も残っているように、ときに当時の和歌の常識を打ち破る作品を残している。たとえば、「曇りなき青海の原をとぶ鳥の影さへしるく照れる夏かな〈曇りなく青い海原を飛ぶ鳥の姿さえも、くっきりと照らしだしている夏であるよ〉」(『曾禰好忠集』三八七番)。

夏の暑さ、日の光といったものは、あまり和歌に詠まれない。普通は夜、早朝が舞台となり、鳥なら山ほととぎすが詠まれるから、この歌は大変独創的だ。彼は恋人と昼寝して暑さをやり過ごそう、という歌さえ詠む。

これらの歌は、我々にも作れるかもしれないと思うほどに、現代的な印象を与える作品である。もっと世界に知られてほしい歌人だ。

もの思へば　沢の蛍も　わが身より
あくがれ出《い》づる　たまかとぞ見る

(『後拾遺和歌集』巻二〇・雑六・一一六二番、和泉式部)

現代語訳
恋をして物思いをしていると、沢で飛び交っている蛍のことが、自分自身から離れ出た魂であるように見えてくる。

When deep in thought,
I saw that the fireflies
flying over the little river
were parts of my soul that splintered
and escaped from my body.

〈参考〉 奥山にたぎりておつる滝つ瀬のたまちるばかりものな思ひそ （『後拾遺和歌集』巻20・雑6・1163番）

Don't be so tormented in thought
that the pearl of your soul splinters
like pearls of spray
gushing down from a waterfall
deep in the mountains.

和歌では「身と心がばらばらになってしまう」ことを詠む例が少なくないが、中でも和泉式部には優れた作が多い。この歌は彼女の代表作の一つで、二番目の夫の藤原保昌に忘れられ、貴船神社を参拝した際の歌だという。

「あくがる」とは心が体から離れ、不安定な状態になることをいう。物思いをすると魂が体から離れていくという考えは平安時代においては常識であったらしく、他に『源氏物語』葵巻で、嫉妬に悩む六条《ろくじょうの》御息所《みやすんどころ》の生霊が葵の上を苦しめる場面などが知られる。

そんな和泉式部に対し、なんと貴船の神が返事をしてくれたというのが〈参考〉に挙げた歌だ。「たまちる」に水しぶきが上がる様子を表す「玉散る」と、魂がさまようことを表す「魂散る」をかけ、そのように思い悩むなと和泉式部を慰めている。神は和泉式部が使った「たま」という語を生かして返事をしてくれているのだ。和泉式部は蛍の光、貴船神社の神は急流の飛び散る水と、両方の歌が違う自然のイメージをとりつつ、共通する「たま」を取り出すのも素晴らしい。〈参考〉の歌にある「たま」も同じくsoulと訳した。

さて、日本語の原文でこの和歌を読む際は、蛍が一匹であるか複数かは気にならない。しかし英訳では、名詞は単数か複数かを明らかにする必要がある。かつ、同じものを指す場合に、片方が複数で片方が単数というわけにはいかない。普通蛍は複数飛ぶものだが、魂は一つしかないから、少し工夫がいる。ここではsplintered（砕ける）を補い、魂が蛍のように散り散りになり、乱れ飛ぶように訳してみた。

そもそも死ぬ時以外に心や魂が体から離れるという発想自体、欧米文化の根底にあるキリスト教からすれば異端とさえいえる過激な考えで、極めて新鮮だ。これを訳すのは挑戦である。実は「たま」については soul にすべきか spirit にすべきか、いまだに悩んでいる。皆さんはどう思われますか？

なげきわび　空に乱るる　わが魂《たま》を
結びとどめよ　したがひのつま

（『源氏物語』葵《あおい》）

現代語訳

思い悩むあまり我が身を離れて空にさまよっている私の魂を着物の下前の褄《つま》を結んでつなぎとめてください。

With all this grief
my soul's departed from my body
and wanders off in the sky,
so can you tie my lower hem
to make my soul come back to me.

天理大学附属天理参考館の「源氏物語展―珠玉の三十三選―」を訪れ、写本と注釈書の素晴らしい展示を拝見したことがある。その中でも、白描絵巻が印象的だった。白描とは墨筆のみで描かれた絵のことで、絵のほかにその場面のあらすじと和歌が記されている。今回はその白描絵巻の中から一首紹介する。

この歌は、源氏の正妻・葵上に取り憑《つ》いていた物《もの》の怪《け》が詠んだもので、源氏はその正体が六条御息所であることに気が付いてしまう。魂は肉体から離れることができ、離れてしまった魂は着物の下前の褄を結ぶことによって肉体に戻ることができるという信仰に基づいて詠まれた歌である。

六条御息所は『源氏物語』屈指の歌人であり、彼女が詠んだ「袖ぬるるこひぢとかつは知りながら下り立つ田子のみづからぞうき」という歌は、『源氏物語』ひいては平安時代を代表する名歌の一つであると思う。涙で袖が濡《ぬ》れるとわかっていながら恋路に踏み込んでしまう自身に、泥《こひぢ》の中に踏み込んでいく田子を重ねた見事な歌だ。

一方で、今回の歌は源氏との恋路に踏み込んだ結果、生霊と化し、葵上に取り憑くまでになってしまった六条御息所の心の叫びが散文のようにシンプルに表現されている。また、天理大学の原豊二教授によれば、六条御息所の詠歌はその時その時で変わってゆくのだが、王朝の花鳥風月と異なる古代性・呪術性のあった和歌のあり方が垣間見られ、何か人間の本性を見るような和歌が多いと感じられるという。

私の恩師ドナルド・キーンが最も愛したアーサー・ウェイリー訳の『源氏物語』でさえ、八〇〇首近くある歌を訳していない。私は歌の翻訳を通し、歌そのものの価値だけでなく、物語を語る手段としての重要性を伝えたいと願っている。

おきもせず　寝もせで夜を　明かしては
春のものとて　ながめくらしつ

（『伊勢物語』二段）

現代語訳

起きもせず、眠るわけでもなく夜が明けるまで過ごして、今日は春の景物の長雨の中、物思いにふけって一日過ごしました。

Neither getting up nor sleeping
we passed the night till dawn,
but since then I have spent my time
in the endless rains of spring
lost in thought, alone.

『伊勢物語』第二段の歌で、『古今和歌集』巻一三冒頭にも収められている。関西大学名誉教授の山本登朗《とくろう》氏によれば、『古今和歌集』巻一三冒頭は、まだ関係を結んでいない、後世に言う「いまだ逢《あ》はざる恋」の歌が並んでいる部分なので、この歌もそのような場面として読むべきだという。『伊勢物語』も同じ解釈ができるそうだ。

『伊勢物語』では、主人公が西の京に住む女と「うちものがたらひて」、つまり（簾《すだれ》や几帳《きちょう》越しに）言葉を交わすだけの一夜を過ごし、帰宅した後にこの歌を贈った。通常、女の家から帰った男はすぐに「後朝《きぬぎぬ》の歌」を女性に贈るが、この場合は男女の関係をもつ以前なので後朝の歌ではない。しかし内容からして当日の夕方に贈られたと思われる。「おきもせず寝もせで夜を明かして」という部分には、関係を持たずに過ごした中途半端な一夜が表現されている。そのため主人公は帰宅後も一日中女性のことを思って「ながめ」、つまり物思いにふけって暮らしたという。「眺め」と「長雨」が掛詞《かけことば》となっている。

恋愛関係は平安時代も単純なものではなかったようだ。『伊勢物語』では、西の京の女は他に通う男がいたようだ、とも記されている。別に相手がいる女性を思う切なさも漂う。

嵯峨嵐山文華館の企画展「絵で知る百人一首と伊勢物語」で、『伊勢物語』第二段を描いた俵屋宗達の作品を見た。きりりとした輪郭が美しい名品だ。牛車に乗ろうとする男の絵に、この歌が添えられている。歌は後朝の歌ではないはずだが、この絵はまるで、女と一夜を共にして帰る男のように見える。金で描かれた雲と歌が、雅《みやび》な雰囲気を醸し出しつつ、元の歌とは少し違う世界を描き出しているのだ。歌や物語から絵画へ、平安時代から江戸時代へ、時代を超えたリメイクの試みとして興味深い。英訳もまたリメイクの一つと言えるかもしれない。

四 自然

うす氷　とけぬる池の　鏡には
世にたぐひなき　かげぞならべる

（『源氏物語』初音《はつね》）

現代語訳
薄氷が解けた鏡のような池の水面に、この世にまたとない私たちの姿が並んでいます。

As the thin ice melts
on the mirror of the pond
our reflection appears
standing side by side —
a perfect match!

『源氏物語』の主人公、光源氏の歌。初音は、六条院という光源氏の新しい邸で初めて迎えた新春の風景を描いたおめでたい巻である。そのため宮中では、長らく『源氏物語』をこの巻から読み始める習慣があった。

元日、光源氏は、自ら紫上に鏡餅を見せ、お祝いの言葉とともにこの歌を詠む。そして、紫上は末長い夫婦の縁を願って、「くもりなき池の鏡によろづ世をすむべきかげぞしるく見えける」という歌を返す。とてもシンプルでありながら、この歌には言祝《ことほ》ぐという重要な機能が含まれている。

言葉の呪術的な要素は、言霊《ことだま》信仰と結びついており、日本の古典文学にも多くの例を見出《みいだ》すことができる。『万葉集』では「言《こと》」と「事《こと》」がしばしば区別されずに使われており、言葉にしたことが事実になるという古代的な観念の名残が認められる。

この歌も、水面に映る光源氏と紫上がいかに理想的な夫婦であるかを詠むだけでなく、言葉にすることによって、実際に二人が理想の夫婦であり続けられるよう願いが込められているという点において、言霊信仰が反映していると考えられる。一方で、「忌《い》み言葉」を用いると不吉なことが起こるとも信じられていた。有名な例は『蜻蛉《かげろう》日記』中巻の冒頭。道綱母は自分たちが言忌《こといみ》をしないから結婚生活がうまくいかないのかと思いを巡らせる。

現代でも、結婚式では「切る」など縁起の悪い言葉を避け、酒樽《さかだる》の蓋《ふた》を割る鏡割りを「鏡開き」と言い換える。正月に供えた鏡餅を割る「鏡開き」も同様だ。受験生の前では「すべる」「落ちる」という言葉を避ける人もいるのではないだろうか。日本は言霊信仰をはじめ、古《いにしえ》の文化を伝承する国といえる。私は、それこそが日本のめでたいところの一つではないかと思う。

昔思ふ　草の庵の　夜の雨に
涙なそへそ　山ほととぎす

（『新古今和歌集』巻三・夏・二〇一番、藤原俊成）

現代語訳
昔のことを思い返している草庵《そうあん》の夜更けの五月雨に加えて、涙の雨まで降らせないでおくれ、山ほととぎすよ。

Little cuckoo of the mountains,
do not add your tears
to the rains this night
— or to mine —
as I recall the past in this hut.

歌の中で直接的に言及されているわけではないが、歌人自身が涙に泣きぬれていることは同時代の人々にとっては自明だったはずだ。そこで、英訳ではその点をはっきりと明示することにした。これによって、この歌の英訳は美しくも切なさを感じさせるものになっている。

古典を学ぶことによって、社会的通念を新たな視点で捉えることができる。現代日本の夏の風物詩は、花火、ひまわり、ビアガーデン、といったところだろう。夏は楽しい季節、という感覚がうかがわれる。しかし、古典の世界での夏の風物詩の代表はほととぎす。憂鬱《ゆううつ》や悲しみ、懐旧といったイメージを持つ鳥である。渡り鳥だが、古典では、夏になると山から人里に降りてくるものと捉えられていた。夏の過ごしにくい夜に響く、その特徴的な声は大変愛され、一晩中鳴くのを待つという歌も詠まれた。

ほととぎすがやってきて鳴きだす時季は、ちょうど梅雨の頃だ。よって今回の歌のように、和歌ではしばしば、雨、ほととぎすの涙、そして聞く人の涙とがたくみに重ね合わせられる。

俊成のこの歌は、紀友則「五月雨にもの思ひをればほととぎす夜深く鳴きていづち行くらむ」(『古今和歌集』巻三・夏・一五三番)と、白居易の詩の一節「蘭省花時錦帳下、廬山雨夜草庵中」を踏まえるとされる。政界で活躍する友人たちは花盛りのころ、錦のとばりの下にいるが、みじめな私は廬山の雨の夜、草庵の中にいる、といった意味の詩句だ。俊成は白居易の詩に自らの境遇を重ねているように思える。

常識とは一体何だろう。現代のマスメディアは、明るくて楽しい夏というイメージで盛んにプレッシャーをかけてくるが、一千年前の和歌は、夏に憂鬱な気分になってもおかしくないことを気付かせてくれる。夏の宵は朝日が昇るまで、ほととぎすの涙にスーパードライの泡の涙を重ねてみようか。

辛《から》崎《さき》の　松は花より　朧《おぼろ》にて

（『野ざらし紀行』、松尾芭蕉）

現代語訳

唐崎の松は、桜よりもおぼろに見えて趣深い。

More elegant than blossoms,
the Pine of Karasaki
shrouded in hazy mists...

『野ざらし紀行』の前書《まえがき》には「湖水の眺望」とある。「湖水」は琵琶湖で、「唐（辛）崎」はその湖畔にある土地である。さかのぼれば、「唐崎」は『万葉集』にも詠まれた地で、「志賀の唐崎」と詠まれる志賀は、桜が想起される歌枕である。漢詩文や絵画の世界でも「唐崎夜雨」が近江八景の一つに数えられており、日本文化の蓄積がある場所だ。この句は薄暮から夜の情景と解釈されることが多いが、それは「朧」が、平安の和歌以来好んで詠まれてきたおぼろ月のイメージを喚起する語だからである。推敲《すいこう》前の初案は「からさきの松は小町が身の朧」（『鎌倉海道』）であったようで、こちらはより王朝的なイメージが感じられる。

俳諧は、もともと連歌から生まれた新しい文芸であり、連歌との差別化が重視された。目に見える違いとしては、雅《みやび》な和歌や連歌では使わない漢語（音読みする言葉）や俗語を使うことがその特色としてあげられる。しかしこの句では、和歌でなじみのある優美な言葉しか使われていない。そのため当時も、「これは連歌じゃないか」という批判を浴びた。

その上、俳諧の発句（最初の一句）には使ってはいけないとの約束事がある「にて」を用いて一句を締めくくっている。これにも批判があったが、むしろ芭蕉としては、そうした批判は想定内だったようだ。「かな」に比べ、「にて」という終わり方はより余韻を残し、まさしくやわらかい朧にぴったりの表現だ。英訳でも、文末に「…」を用いた。

俳句に関しては、実際に目にしたものの感動を詠んだものだ、という先入観が強くある。しかし実のところ、後から推敲する場合や、実際に見てはいないものを詠み込んでいる場合もある。この句では、芭蕉は古典文学の世界に深い敬意を示しながら、その世界を今の瞬間の感動と重ねている。芭蕉の句はその瞬間の感動を切り取るリアリティーと、表現の歴史に根ざした深みの両方を備えているのだ。

夏と秋と　行きかふそらの　かよひぢは
かたへすずしき　風やふくらむ

（『古今和歌集』巻三・夏・一六八番、みな月のつごもりの日よめる、凡河内躬恒《おおしこうちのみつね》）

現代語訳

去り行く夏と訪れる秋とが行き違う空の通り道は、その片側だけに涼しい風が吹いているだろうか。

On the path in the sky
where the season's summer
and autumn pass each other,
there must be a cool breeze
blowing on one side of the road.

この歌は季節を旅人に見立てている。「そらのかよひぢ」は、去りゆく夏と来たる秋とが、この道の上で行き交うのだ。通う風は見えないものではあるが、どこか道を駆けていく姿が見えるような気がして、美しい。

この歌は、『古今和歌集』の中では夏歌の最後を飾っている。夏と秋の混在が表現され、『古今和歌集』秋歌上の巻頭「秋きぬと目にはさやかに見えねども風の音にぞおどろかれぬる〈「秋が来た」と目ではっきりとわからないものの、風の音で「秋が来た」とはっと気付かされたことよ〉」(秋立つ日よめる・藤原敏行朝臣)が、風によって秋の訪れを感じられるとはっきりと表現したこととは対照的だ。

皆さんは普段どのように季節の変化を感じているだろうか。例えば「四月になったから春」のように、日付で分ける方も少なくないように思う。しかし、私は嵯峨での生活を通して、季節は「今日から冬」と明確に分けられるのではなく、重なり合っているのだと実感するようになった。鶯《うぐいす》を例に挙げると、私は今年、二月末に初音を聞き、八月九日までは鳴き声が聞こえていたと記憶している。鶯は春歌に詠まれる鳥であり、春のイメージを持つ人も多いだろう。しかし、実際には夏までその声を楽しむことができる。いつ聞こえなくなったのかは覚えていないが、「そういえば鶯が鳴いていない」と思い至った瞬間は、忍び寄る秋の気配を感じ始めた瞬間でもあった。

和歌には型があり、詠む季節が決まっているものの、実際の季節とずれが生じる場合も少なくない。嵯峨には竹や風の音、蛙《かえる》の声、蓮《はす》の花、蜘蛛《くも》の巣など移りゆく季節を感じられるものが溢《あふ》れている。そうしたものに日々触れながら、和歌の季節と現実の季節との重なりだけでなく、そのずれをも堪能している。

月見れば　千々に物こそ　悲しけれ
わが身一つの　秋にはあらねど

（『古今和歌集』巻四・秋上・一九三番、大江千里）

現代語訳

月を見ていると思いはちぢに乱れ、何とも物悲しい気分になる。秋は私だけにやってくるのではないのだけれど。

Thoughts of a thousand things
fill me with melancholy
as I gaze upon the moon,
but autumn's dejection
comes not to me alone.

『百人一首』にも選ばれた馴染《なじ》み深い歌だ。この歌のような秋に物悲しさを感じる感性は、日本文化に広く浸透している。だが、秋という季節そのものと悲哀の情の結びつきは『万葉集』には見られず、『古今和歌集』から見られるようになったもので、この変化は、当時の中国で秋の悲哀を主題とする漢詩が多数作られていたのに学んだためだという。この和歌も白居易の詩「燕子楼《えんしろう》」の一節を踏まえている。そしてこうした和歌が詠まれ続けた結果、秋の悲哀は日本人一般の感覚として定着していった。『古今和歌集』が日本人の美意識の形成に果たした役割の大きさを強調する和歌研究者の寺澤行忠氏の指摘には、私も大きく頷《うなず》く。

『古今和歌集』を抜きに平安時代の文学、ひいては日本文化や日本人の美的感覚を理解することはできないだろう。明治の正岡子規の『歌よみに与ふる書』は『万葉集』を称揚し、『古今和歌集』の歌を技巧的だと批判したが、その見方が後々まで広まってしまったことは残念でならない。

そもそも、寺澤氏も指摘されるように、『万葉集』と『古今和歌集』とを二項対立的に捉える評価自体に問題がある。私は『古今和歌集』の真率な歌に胸を打たれる一方、『万葉集』の歌の優れた技巧や遊び心、豊かな表現性にも驚いた。例えば「鳴呼見《あみ》の浦に舟乗りすらむ娘子《をとめ》らが玉裳《たまも》の裾に潮満つらむか」（巻一・四〇番）という歌の「潮」は、原文では「四宝」と表記することによって、潮の粒がきらきらと宝石のように光り輝く光景が表現されている。

子規は千里の歌の下の句を特に批判したが、私はこの部分に想像を膨らませる余地があると思う。「わが身一つ」と詠みつつ視界は秋の万人、万物へ広がる。ここに千年の時を隔てても、英訳でも共感を呼ぶ普遍性を感じるが、どうだろうか。

五　超絶技巧

琴の音に　峰の松風　かよふらし
いづれのをより　調べそめけん

（『拾遺和歌集』巻八・雑上・四五一番、徽子女王〈斎宮女御〉）

現代語訳
琴の音に峰の松風の音が響き交わしているようだ。どの琴の緒から、どの山の峰（お）から鳴り響き始めたのか。

The sounds of the koto
harmonize with pine winds
blowing from the mountain peak.
From which strings, from which
mountain foot —
from where did this concert begin?

「調べ」を直訳するとmelodyかharmonyになるが、melodyだと単独の音の連なり（旋律）を指すことが多く、harmonyだと音楽に限らない「調和」の意味合いが強くなるのでconcert（コンサート）という単語を用いた。concertこそが、自然と人間がともにひとつの音楽作品を生み出すという幻想的な感覚を表現するのにふさわしいと考えた。

人間の奏でる琴の音に、自然の松風の音が調和して美しい音楽となったことに対する驚きと感動を詠んだ、徽子《よしこ》女王《じょおう》の代表作のひとつだ。四句の「を」は掛詞《かけことば》で、「緒」すなわち「琴の弦」と、山の稜線《りょうせん》のことを指す「(山の)峰《お》」とがかかっている。つまりこの下の句には、「この美しい音色は、琴のどの弦から響き始めたのだろう？／山のどのあたりから鳴り始めたのだろう？」という二つの意味が重ねられている。いつ誰がどこで琴を奏でているのかを明らかにしていないことが、神秘的な世界観を一層強く感じさせる。

この歌は、平安時代に広く読まれた中国唐代の詩人李嶠《りきょう》の漢詩の一節「松声入夜琴（松風、夜の琴に入る）」を踏まえる。「松風の音と琴の音色の調和」という発想自体は中国に起源を持つが、こうした発想は日本人の感性によく合っていたので、日本の文化にも深く根付いていくことになったのだろう。

西洋のクラシックの世界に自然の音と人間の音楽が全く対等のもの

としてハーモニーを織り成す、という発想があるとは私は聞いたことがない。人間と自然を調和した一体の存在として描き出す点に、日本の古典文学の神髄がある。

この歌では掛詞というレトリックによって、自然の音と楽器の音が一つになった情景が、言葉の中でも完全に一体化されている。この歌は、同音異義語と音の遊びを調和させるよい例であり、日本人の融和の精神の表れではないだろうか。

須磨には、いとど心づくしの秋風に、海はすこし遠けれど、行平の中納言の、関吹き越ゆると言ひけん浦波、夜々はげにいと近く聞こえて、またなくあはれなるものはかかる所の秋なりけり

（『源氏物語』須磨）

現代語訳

須磨では、一段ともの思いを誘う秋風が吹く季節となり、（光源氏がお住まいの場所から）海は少し遠いものの、中納言・在原行平が「須磨の関を越えて吹く」と詠んだという浦風に立つ波の打ち寄せる音が、夜な夜な本当にとても近く聞こえて、またとなくしみじみと寂しいものは、こういうところの秋であったことよ。

At Suma, when the wind blows, we are overwhelmed by feelings of the sadness of autumn. Though the sea is a little far away, as the Middle Counselor, Yukihira, says, the wind blows across the Suma Barrier making the waves rise in the bay, and every night the sound of the waves crashing on the shore makes them seem so close by — How incomparably sad, how lonely the autumn here!

引歌《ひきうた》という技法を紹介する。引歌とは、簡単に言うと古歌の引用である。『源氏物語』では、ここで紹介する文のように、地の文に引歌が用いられる場合も多い。歌を引用し、その歌意を想起させることで、重層的な世界が創り出されている。

この文は、光源氏が謫居《たっきょ》している須磨に秋が訪れた場面である。この文には二つの引歌がある。

一つは「心づくしの秋風」。これは、「木の間より漏り来る月の影見れば心づくしの秋は来にけり〈木の間から漏れて差し込む月の光を見ていると、もの思いの限りを尽くさせる秋が来たのであることよ〉」(『古今和歌集』巻四・秋上・一八四番 よみ人しらず)という歌を踏まえている。

もう一つは「行平の中納言の、関吹き越ゆると言ひけん浦波」。「旅人は袂《たもと》涼しくなりにけり関吹き越ゆる須磨の浦風〈旅人は袂を涼しく感じるようになった。須磨の関を越えて吹く須磨の浦の風よ〉」(『続古今和歌集』巻一〇・羇旅・八六八番）という在原行平の歌に基づく。

二〇二三年、中古文学会関西部会の例会で講演をした。その際に、関西大学の松本大教授と引歌の英訳についてお話をしたことがきっかけで、この歌に挑戦してみたのである。英訳では、原文の情緒が伝わるように心掛けた。もちろん、初めてこの英訳を読んだ現代の読者がこの文章の背景を全て理解できるとは思っていない。それでも、この解説を通して引歌の歌意を知ると、日本文化の神髄とも言うべき豊かな連想の世界に対する理解がより深まるだろう。これからも様々なジャンルの歌の翻訳に挑戦していきたい。

思ひあらば　むぐらの宿に　寝もしなむ
ひじきものには　袖をしつつも

現代語訳
思いがあるのならば、葎《むぐら》の生い茂るあばら家にでも共に眠りましょう。袖を寝床としてでも。

（『伊勢物語』三段）

If your love is true,
let us lie together.
Though this hut is poor,
we can spread out
our sleeves to make a bed.

「ひじきも」は「ひじき」の古名。和歌にはこの海藻の名前が隠されているので、英語訳でもseaweed（海藻）の単語に使われるアルファベット（we,s,ead,e）を青色で示してみた。これにより、和歌ならではの言葉遊びの感覚を伝えることができているのではないだろうか。

この歌には「物名（ぶつめい／もののな）」という、言葉を隠して詠みこむ遊戯的な技巧が用いられている。代表的な作例として、藤原輔相《すけみ》という歌人の一首を見てみよう。「茎も葉もみな緑なる深芹《せり》は洗ふ根のみや白く見ゆらむ」（『拾遺和歌集』巻七・物名・三八四番）という歌。「茎も葉もすべて緑の芹は、洗った根だけが白く見えるのだろうか」といった意味だ。一見素直な歌だが、実は下の句に「荒船の御社」という神社の名前が織り込まれている。これだけ長い言葉を違和感なく詠み込んでみせたところに、作者の技量が光る。

しかし技巧を凝らそうと、隠された言葉を見つけてもらえないと意味がない。詠み手と読み手との間に共有されるものがあってこそ輝く技法なのだ。

この和歌も、愛の思いを子どものような素直さで表現している。しかし実は、男は当時ご馳走《ちそう》だった海藻の「ひじき藻」を贈るとき、この歌を添えた。そして四句の「ひじきもの（引敷物）」の語に、その贈り物の名前を隠したのだ。自分たちの服を床に敷いてでも一夜を共にしたいという愛の誘いを、この贈り物がさらに強調している。

こうした言葉遊びは、近現代の文学観では芸術性の低い技巧として軽んじられがちだ。しかしむしろ、こういった技法こそ、言語というものが本来的に持つ大切な役割を教えてくれるのではないだろうか。私と同じアイルランド人の小説家ジェイムズ・ジョイスも言葉遊びの達人だった。わかりやすさが重視される今の時代においては、物名のような言葉遊びは難しいのかもしれない。だが言葉遊びは日本語の強みであり、文学を豊かにするものだ。その地位復権を願う。

梅の花　誰が袖触れし　匂ひぞと
春や昔の　月に問はばや

（『新古今和歌集』巻一・春上・四六番、源通具）

現代語訳
「この梅の花の香は誰の袖が触れて移った香りなのですか」と、昔と同じ月に尋《たず》ねてみたい。

Whose sleeve did the plum blossoms
brush against
to have such a lovely fragrance?
I want to ask the moon
of many springs ago.

「(春や) 昔」は以前は「(spring of) old」と文字通りに訳していたが、少し文語的で抽象的だった。今回は「many springs ago」と自然で物語るような口調の訳にし、歌の背後に横たわる物語性を立ち上げることを狙った。

この歌は三つの新鮮な点を持つ。まず「香り高い梅の花が人の着物の袖に香りを移した」のではなく「梅の香りは香を焚き染《たし》めた袖から移った」ということ。この発想の背景には『古今和歌集』の「色よりも香こそあはれと思ほゆれ誰が袖触れし宿の梅ぞも」（巻一・春上・三三番　よみ人しらず）との歌がある。本歌には戯れかけるような趣もあるが、こちらはより幻想的だ。

二つ目は、月に向かって尋ねていること。西洋の詩にはなかなか見られない発想である。そして、月は月でも「昔の月」に尋ねていることだ。「昔の月」という言葉はこの歌の主人公の過去にたどり着き、かつて彼らに何があったのかとの想像を膨らませる。その上この「昔の月」は、次の『伊勢物語』の名歌を連想させずにおかない。「月やあらぬ春や昔の春ならぬ我が身一つはもとのみにして」。失恋の痛みを描く第四段に見える歌だ。この段を連想することによって、歌の時空は大きく広がり、奥行きを増す。

つまりこの歌は『古今和歌集』と『伊勢物語』の二首を本歌取りしている。特に後者により『伊勢物語』の物語そのものを連想させたことで、ことさらに詩情豊かなものとなっている。

このような和歌に触れると、詩歌が別の詩歌に影響を与えてきたことがよくわかるし、日本人が連想の美を愛する心性の持ち主であることも理解できる。

「もののあはれ」「儚《はかな》さ」などは日本の美学としてよく言われるが、連想についてはあまり言及されないような気がする。しかし私は、連想が日本の美学の基礎にあると思う。この歌はまさに連想のごちそうのような作品だ。

六　英訳を味わう

あしびきの　山鳥の尾の　しだり尾の
ながながし夜を　ひとりかも寝む

（『小倉百人一首』三番、柿本人麻呂）

現代語訳
妻と離れて眠る山鳥の垂れ下がった尾のように長い長い夜を、私もたった一人で眠るのだろうか。

The long tail of the copper pheasant
trails, drags on and on,
like this long night alone
in the lonely mountains,
longing for my love.

アリタレーション（頭韻）は英語の詩ではマザーグース、シェークスピア、イエーツと、幅広い時代にわたり、たくさんの作品に使われてきた技法である。日本語の詩歌では同音の反復はあまり好まれないようだが、この歌では「の」「を」の反復が大きな効果をあげている。

山鳥の雄と雌が別々の谷で眠ると信じられていたことに基づき、山鳥の尾の長さを、独りで過ごす長い夜になぞらえている。この歌は序《じょ》詞《ことば》のお手本だ。序詞とは、歌の後半部分をより効果的に表現するために、歌の前半に置かれる描写的な言葉のことだ。この歌では序詞である上の句と、下の句との間を「長々し」という言葉が繋いでいる。「長々し」が上の句の「山鳥の長い長い尾」と下の句の「独りで過ごす長い長い夜」の両方にかかるのだ。このような一つの言葉が二つの文脈にかかるレトリックは、英語でピボット・ワードという。

この歌の修辞のさらに優れている点は「o」「n」の音の繰り返しだと思う。これが、独りの長い夜をさらに長く感じさせる。

そこで英訳でも似たような効果を出そうとした。on and on, long, alone, lonely, longing, love など、「o」と「n」の音を繰り返して訳している。また「百人一首」に多く見られる映像が浮かぶような歌に触発されて、文字を絵のように並べた視覚的な翻訳も作った。ここでは五行詩で示したが、「百人一首」の英訳を刊行した時は一語ずつ改行して、合計二五行の縦に細長いレイアウトとし、山鳥の尾の長さを示した(『英語で読む百人一首』、文春文庫)。

詩歌を訳す時は、ただ意味だけを伝えるのではなく、視覚的な効果や音楽的、音律的な効果も表現しないといけない。この歌はその良い例だと思う。

春の夜の　夢の浮橋　とだえして
峰にわかるる　横雲の空

現代語訳
春の夜の夢が途絶えて、峰に別れて離れてゆく横雲の曙《あけぼの》の空。

（『御室《おむろ》五十首』五〇八番、藤原定家）

On this fleeting night of spring
the floating bridge of my dream
heartlessly vanished—drifting clouds
around a mountain peak
like lovers parting.

日本語では「春の夜」には儚《はかな》く短いイメージがあり、この歌の夢幻性を強めている。しかし英語ではそのような通念はないため、'fleeting'（つかの間の）を補って訳した。また「峰」をtheではなく'a mountain peak'と訳すことで、この山が夢の中のものかもしれないという印象を若干強めた。

仁和寺《にんなじ》は『百人一首』一五番歌の作者、光孝天皇発願の寺であり、『徒然草』など日本の古典文学にしばしば登場する。また仁和寺の門跡（御室）は代々和歌を重んじ、第六世・守覚法親王《しゆかくほつしんのう》は、盛んに和歌会を開いて詠作の場を提供した。藤原定家の代表作であるこの歌も、守覚法親王主催の行事で詠まれた。

この歌の四句「峰にわかるる」は、「風吹けば峰にわかるる白雲のたえてつれなき君が心か」（『古今和歌集』巻一二・恋二・六〇一番壬生忠岑）を本歌取りする。同時に「峰」と「白雲」の取り合わせは、『文選』「高唐賦」に見える、楚の懐王の夢の中に巫山《ふざん》の神女が訪れて逢瀬《おうせ》を結び、別れ際に「朝には山の雲となる」と言ったとの故事も想起させる。さらに「夢の浮橋」は『源氏物語』の最終巻の名であり、物語の雰囲気も取り込む。この歌は二重三重にも恋の情緒をほのめかしており、浮橋のように途絶えた儚い春の夢がどんなものであったか想像させてくれる。

驚くべきことに、これらの含意は、直接には一つも歌の中に示されない。それにもまして素晴らしいのは、下の句で現実と夢が融合していること、そこに和歌・漢詩・物語という、三つのジャンルにわたる文学が響いていることである。直接述べている事柄と、暗示している連想の両方をすべて訳さなくてはならないこの歌は、翻訳者泣かせだ。今回は「峰にわかるる」を like lovers parting として恋の趣を補い、「とだえして」を heartlessly vanished として本歌の「つれなき」を響かせたが、まだ納得はいかない。この絶唱が与えてくれた課題に、言葉の神秘と、美と、果てのない可能性を感じた。

きりきり　しやんとしてさく　桔梗《ききやう》哉《かな》

現代語訳
桔梗が、「きりきりしやん」とした姿で花を咲かせている。

（『七番日記』、小林一茶）

Chinese bellflowers
— chic and erect —
pop open in blossom.

「咲く」は普通に訳すとblossomだが、「きりきりしやん」という擬音語の代わりに、pop openを使うことによって、格好良く、ポンと勢いよく咲く様子を表現した。

一茶は二万句ほどの俳句を残しており、動物や虫への温かいまなざしや、卑俗な題材、そして擬音語・擬態語をうまく使うことで知られている。この句で詠まれた桔梗は、上代には「あさがほ」の名で呼ばれ、現代では秋の七草の一つとされる。『徒然草』の第一三九段でも萩《はぎ》や薄《すすき》などと共に、好ましい秋の草花として挙げられる。

そうした草花の特徴的なイメージを、和歌以来の伝統をうけつぎながら、俳諧ではより具体的に描きだそうとした。例えば、芭蕉は萩を「うねり」、女郎花《おみなえし》を「ひょろひょろ」、薄を「まねく」という言葉で、形状を目の当たりにするように表現した。桔梗については、江戸中期、加賀千代女の「桔梗の花咲く時ぽんと言ひそうな」(『千代尼句集』)もつぼみから開く瞬間が目に浮かぶだけでなく耳にも聞こえそうだ。この句も、萩や薄と対比的な表現を使って凛《りん》とした桔梗らしさを捉えている。

「きりきりしやん」のような擬態語は、文脈によって、表面上の意味と抽象的な意味の両方を同時に持っていることが多く、翻訳しにくい印象がある。「きりきりしゃん」は「凜とした」とも言い換えられるが、実はこれも英訳できない日本語として知られている。そこで、普通はファッションセンスに使うchicを使った。erectやpop openも桔梗の特徴を捉えた英語かと思う。

桔梗の英訳としては、balloon flowerと、Chinese bellflowerがある。balloon flowerは、桔梗のつぼみが紙風船のように膨らんだ形をしていることによる。咲いた桔梗はbellflowerという名前のように、ベルのような形をしており、花びらが五つに割れて、上から見ると星形になっている。この咲いた後の鋭い輪郭と、まっすぐに茎を伸ばす姿を見れば、一茶が「きりきりしゃん」と表現したのもうなずける。この翻訳に必要なのは、背景を色々と調べるよりも、桔梗の花そのものを見ることだった。

いくたびも　雪の深さを　尋ねけり

（『寒山落木』、正岡子規）

現代語訳

病床から、何度も、雪の深さを尋ねてしまう。

〈1〉 I keep asking
over and over,
how deep is the snow?

〈2〉 Asking the same question
over and over again —
how deep is the snow?

ここまでは古典を軸としてきたが、もう少し視野を広げて、近代の俳人も紹介したい。正岡子規と高浜虚子をとりあげてみる。

子規と虚子は共に「写生」という方法で知られるが、二人の考えは同じではない。例えば子規は、夕顔の花の実物を客観的に写生することで、「夕顔」にまとわりつく、文学の世界で堆積《たいせき》されてきたイメージ――『源氏物語』の「夕顔」のような――を振り払い、今自分の目の前にある夕顔そのものを捉えることができると考えた。一方の虚子は、文学的に堆積されてきたイメージは否定できないという態度をとった。この違いは作品にもよく現れている。

ここで訳したのは、子規の句である。東京に大雪が降った明治二九（一八九六）年、病床の子規は、すでに歩くこともできなくなっていた。だから彼はこの句のように、家人に何度も雪の深さを尋ねている。「けり」は何かを確認・発見したときの感動を表す言葉であり、ここでは雪が気になってしかたがない自分を発見しているのだ。雪の様子を尋ねる行動だけを客観的に描写しているが、そのことがかえって、雪をよろこぶ幼い心と病身の悲哀、そしてそれを見つめる詩人の目を感じさせる。

そんなこの句を英訳するには、主語の扱いが鍵となる。英語は一般に主語の言語である。主語があってはじめて共感するし、文章が成り立つ。だからついつい主語があり、読者に親近感を持たせるような訳を作ってしまうのだが、「これは違うことを目指した句ですよ」と教えてもらって、あっと気づく。そこで作り直したのが二つ目の、主語がない英訳だ。こちらではまるで自身の頭上の小鳥のような目線から、雪の深さを何度も尋ねている自分を発見している。

英語の詩としては上の訳のほうが自然なのだが、実は下の訳も意外と悪くなくて、病による苦しみが伝わってくるような気がする。

咲き満ちて　こぼるゝ花も　なかりけり

旗のごと　なびく冬日を　ふと見たり

（『虚子秀句』、高浜虚子）

（『五百五十句』、高浜虚子）

現代語訳

桜が満開に咲き、花びらが落ちることもない様子だ。

ふいに、旗のように空になびく冬日を見た。

The cherry blossom tree
blossoming full —
not one petal spills.

I catch the briefest glimpse of it.
Like a flag fluttering —
the winter sun.

どちらの句も、ありえない現象をあえて最後の行にもってくることによって、クライマックスや驚きを強調した。それにより、説得力が生まれると考えた。

次に高浜虚子の句をいくつか紹介してみたい。まず最初の句。満開の桜の花びらが一つも落ちていないという情景を、私は見たことがない。きっと現実に見た風景というよりも、心で捉えた理想的な世界の風景なのだろう。そこには意外性と美しさとが調和し、和歌との共通点も感じさせられた。「こぼる」は spill と訳したが、これは飲み物をこぼしたとき等に使う言葉で、花びらに使うのは本来不自然である。そこで full blossom という表現を逆の語順にし、spill とともによく用いる「a cup is full」に近い印象をもたせた。こうすることで不自然さを薄め、詩的な斬新さへと言葉を生かすことができたのではないか。

次に「旗のごと」の句の「なびく」という語は、和歌でもよく用いられ、英語では waving が近い。しかしこの句では、「冬日」の穏やかで弱い光を意識し、より柔らかな動きを示す fluttering を採用した。非物質的なもの（冬日）を物質的なもの（なびく旗）になぞらえることで、矛盾するはずのイメージが、知覚を超えた現実感を呼び起こす。

万物の中にある心の真髄を見せられたかのようだ。

また別の「蛇逃げて我を見し眼《め》の草に残る」(『五百句』)という句も「The snake flees, /but in the grass his eyes remain— /still glaring at me!」と英訳した。蛇が去った後も蛇の視線が心に残ったことを詠む原句を忠実に訳すと、英語では「蛇は今はもう見ていない」と、逆の意味を示唆してしまう。そこで過去形の「見し」を現在形にして「まだ私を見つめている」とした。

虚子の句は、あえて錯覚し、矛盾することで真実を表現している。とりわけ「旗」の句は、非現実的な世界の扉が開かれ、違う次元を見つめるまなざしを追体験できるようで興味深く思った。この「旗」はそうした幻視的な追体験を可能にする俳句の、その無限の可能性の広がりをも示唆しているように思える。

七　知っておきたい

この世をば　我が世とぞ思ふ　望月の
欠けたることも　なしと思へば

（『小右記』寛仁二年一〇月一六日条、藤原道長）

現代語訳

この世を私の世だと思う。満月に欠けているところがないように、すべてが満ち足りていることを思うと。

Just as there is not
the slightest dent
in the full moon,
so this whole world
is gloriously mine!

新解釈に基づいて英訳すると、満月を道長の手元にある「盃」の暗示として表現する必要があるので、the full moonではなくthis full moonとなるだろう。しかし、そうすると、thisの繰り返しを避けるためにthis whole worldをthe whole worldに変える必要も生じてくる。

この歌を読んだ時、和歌の世界でも最も極端な表現に触れた思いがした。日本人らしい控えめな抑制は一切なく、自信に満ちあふれている。外国人が詠んだかのように感じられた。

この歌は、藤原実資が書いた日記『小右記』に記録されている。藤原道長のおごりたかぶった様子を示す和歌として有名だが、近年、山本淳子氏による新解釈が示された（『國語國文』八七―八号、二〇一八年八月）。この歌は寛仁二（一〇一八）年一〇月一六日、道長の娘威子《いし》が後一条天皇の中宮となった日の宴《うたげ》で詠まれた。道長の娘の中で三人目の中宮である。それを踏まえて山本氏は、「月」を娘たちと宴で回された「盃《さかずき》」の暗喩とみて、娘が中宮の位にのぼった喜び、そして諸参加者の協調のもと、儀式と宴がつつがなく進んでいる喜びを詠むものと解釈した。

この歌は実資の呼びかけのもと、参加者たちに唱和されている。このことも、道長の傲慢《ごうまん》さの表れと捉えられてきた。しかし山本氏は

「この世」に「この夜」がかかっていると論じた。「この夜」と読めば、宴の参加者みんなが唱和して、この欠けたところのない素晴らしい夜を共に楽しもう、というような歌となり、傲慢というよりは、むしろ皆と心を通わせる場を生み出した歌であったことになる。

最も日本人らしからぬ和歌と思われてきたこの歌が、実には実に日本人らしい歌だった可能性がある、ということだ。栄華を極めた道長の京都の邸「土御門殿《つちみかどどの》」の跡地には、現在はただの草地が広がっている。私は野心というものの限界について、そして詩歌の表現の複雑さについて思いを馳《は》せている。旧暦の一〇月一六日にあたる一一月一二日、この稿を書いている夜空には道長の歌から一〇〇一年の歳月を経た満月が輝いていた。

世の中に　さらぬ別れの　なくもがな
千代もといのる　人の子のため

（『伊勢物語』八四段）

現代語訳
この世に死別というものがなかったらよいのに、千年も生きてほしいと祈る人の子のために。

How I wish the parting that
no one can avoid would vanish
from the world, for the children
who pray their mothers
will live a thousand years.

『伊勢物語』第八四段の在原業平を思わせる主人公は、離れて住む母を訪ねたいと思う。だが忙しくてなかなか行けずにいた所に「至急」と言って母から手紙が届く。驚いて開くと、歳《とし》をとると避けられない別れもあるのでますますあなたに会いたい、という歌だけが書かれていた。主人公は激しく泣いてこの歌を返事として送った。

実はこの第八四段は虚構の演出で、歌は二首とも業平が詠んだという説も有力だ。だが、後世の読者たちはあくまでも事実としてこの話を読み、感動を味わってきたという。『伊勢物語』の研究者である山本登朗氏に業平ゆかりの京都市西京区大原野を案内していただいたことがある。大原野の十輪寺には業平の墓とされる石塔がある。同じ大原野の上羽町も業平の母が住んでいたと伝えられ、業平と父母の墓とされる三基の石塔「業平父母塔」が立っている。この二カ所の石塔は、江戸時代、正徳元（一七一一）年に出版された地誌にすでに紹介されているそうだ。事実と伝説の境界は微妙だそうだが、これらの石塔は、第八四段に心打たれた人々の思いから生まれ、少なくとも三〇〇年以上守られてきた。

だがその「業平父母塔」はいま、開発による消滅の危機に瀕《ひん》している。地域の伝承文化を破壊から守り、未来に生かすためにできることは何だろう。

アイルランドにも、俗信をはじめとする確かな証拠はなくとも人々の間で受け継がれてきたものが存在する。日本に住み始めてからは、日本の様々な言い伝えや伝説に触れる機会も増え、その種類の多さに驚くとともに親近感を覚えている。

「業平父母塔」も人々が業平と父母の墓であると信じ、語り継いできたことは確かである。「業平父母塔」が業平ゆかりの場所として末永く受け継がれていくことを祈りたい。

たきのおとは　たえてひさしく成りぬれど
なこそながれて　猶《なほ》きこえけれ

（『小倉百人一首』五五番、大納言公任）

現代語訳
滝の音は途絶えてから長い歳月が過ぎたけれど、その評判は流れ続けて今もなお伝わっていることであるよ。

The waterfall has dried up
and not made a sound
since ancient times
but its fame flows on and on —
and echoes still today.

新年らしい歌である。

この歌は、藤原公任が藤原道長の紅葉狩りに同行して大覚寺を訪れた際に詠んだもの。庭は荒廃して滝の水も流れていないけれど名声は滝のように「流れて」今も聞こえていると詠んだ巧みな歌である。

門跡寺院である大覚寺は嵯峨天皇の離宮嵯峨院として建立されたが、その後、嵯峨天皇の皇女の発願によって寺に改められた。お寺でありながらも、御影堂をはじめ、御所から移築した建物が多く、宮中の雅《みやび》な趣を今に伝えている。

さて、この歌に詠まれる滝は、嵯峨院の中の住まいとしている寝殿の前にあった滝殿に設けられたものである。大覚寺執行《しぎょう》の喜和田龍光氏によれば、それほど大きな滝ではなく、水が湧いてくるような程度であったものの、非常に雅な庭であったため、滝が枯れる以前も当時の人々はこぞって見物に来ていたという。また、滝の流れのみならず、滝殿の石組みも評判であったようだ。そして、江戸時代に入り、『百人一首』のカルタ遊びが流行すると、大覚寺の滝はこの歌にちなんで「名古曾《なこそ》の滝」と呼ばれるようになった。

大覚寺の多くの見どころの中でも私が最も心を動かされるのは、嵯峨天皇の時代に中国の洞庭湖を模して造られたという大沢池《おおさわのいけ》を含む広大な庭だ。実は、大覚寺の周辺は私の散歩コースであり、庭の様子を日々垣間見ている。四季折々に庭内を訪れ、景色の変化を楽しんでいる。人工の庭園でありながらも、とても広いため、自然の中を歩いているような気分になる。池に浮かぶ島々も当時からあるもので、随所に嵯峨天皇の魂が宿り、その名を今も響かせているかのようだ。

陸奥国《みちのく》に金《くがね》を出だす詔書を賀《ほ》く歌一首〈幷《あは》せて短歌〉

（抄出）……海行かば　水《み》漬《づ》く屍《かばね》　山行かば　草生《む》す屍　大君の　辺《へ》にこそ死なめ　かへり見は　せじ……

（『万葉集』巻一八・四〇九四番、大伴家持）

現代語訳

海を行くなら水に浸《つ》かった屍、山を行くなら草むした屍になるとしても、大君のお傍《そば》で死のう。我が身を顧みるようなことはしない。

Even if I die while at sea,
become a corpse soaked in sea water
or while in the mountains,
become a corpse
from which grasses grow,
let me die beside you, Your Majesty.
I care nothing for what becomes of me.

この歌は全一〇七句に及ぶ大伴家持最大の長歌の一部。天平二一（七四九）年四月、聖武天皇は、陸奥国から黄金が産出した喜びを人々と分かち合う詔《みことのり》を下した。詔では、古来の功臣として大伴氏が名指しで顕彰されており、それに感動した家持が作ったのがこの大作だった。掲出した部分は、聖武天皇の詔にもほぼ同じ表現がある。武門として皇室に仕える大伴氏が、代々受け継いできた誓いの言葉だったらしい。

だが、近代にはこの詞句が国民の戦意高揚に利用された歴史がある。この部分は信時潔《のぶときききよし》作曲の国民歌謡「海行かば」としても知られる。戦時中、ラジオで日本軍の戦地での玉砕が伝えられる時に、この曲が流されたこともあったという。それはあたかも、国のために戦って散ることこそが国民の本懐であるかのような、印象的な詩情にのせて国民に届けられたのである。だが、この歌に見られる誓いの言葉は本来、あくまでも武門の家である大伴氏ならではのものであり、誰もが心に刻むべき言葉では決してなかった。こうした利用のされ方は、文学作品のあるべき姿からはかけ離れていたと言わねばならない。

一方で、現代ではその反動から、かつて戦争に利用された作品をタブー視して極端に避ける姿勢も見受けられる。「海行かば」の歌にも、音律や「海・水」と「山・草」との対比には見るべき美しさがある。「海」と「山」という対極的な二つの場所を挙《あ》げるだけで、「どこにいても」という誓いの覚悟を見事に表していて、想《おも》いの深さは読者の心をうごかすだろう。文学作品はあくまで文学作品として正しく理解し、鑑賞する態度が必要だ。避けるのでもなく、都合よく利用するのでもない。全ての戦争犠牲者のご冥福と世界の平和を祈りつつ、いま一度そのことを心に刻んでおきたい。

ゆく川の流れは絶えずして、しかも、もとの水にあらず。淀《よど》みに浮かぶうたかたは、かつ消えかつ結びて、久しくとどまりたるためしなし。世の中にある人とすみかと、またかくのごとし。

現代語訳

行く川の流れは絶えることがない。それでいて（そこにある水は）もとの水ではない。流れが止まる淀みに浮かぶ泡は、一方では新しく生まれ、長くとどまる例はない。この世に生きる人とその住む場所も、やはりこのようなものである。

（『方丈記』冒頭、鴨長明）

The current of the flowing river never ceases, yet the waters never remain the same. In places where the current pools, bubbles form on the surface, burst and vanish while others form in their place, never for a moment still. People in the world and their dwellings are the very same.

川の流れのようなリズムと漢詩的なバランスを備えた原文の感覚を、英語で表すのは簡単ではなかった。どのような言葉を届けるべきか、悩みながら書きあげた。

少し、書誌学的なことから始めてみよう。『枕草子』や『徒然草』は冊子に平仮名で書写されるのに対し、『方丈記』は巻子本《かんすぼん》に漢字仮名交じり文という形式で書かれているという。私自身つい最近、国文学研究資料館の入口敦志先生に教わったのだが、これは典型的な「記録」の形式なのだそうだ。

確かに『方丈記』は数々の災害を詳細に描写し、貴重な情報を後代に伝えている。しかしその筆は、人間を襲う様々な苦しみを見つめる中で、人生そのものの意味の深い省察にまで至っている。『方丈記』は、記録でありながらも随筆の深みをたたえている。だからこそ、「災害記録」ではなく「災害文学」と呼ばれているのだろう。

八八歳の母の世話をするためにアイルランドに里帰りしているときに、私はこの原稿を書き始めた。すっかり体が弱り、あまり外出もできなくなってしまった母。母の家はリフィー川に面している。私は近くの橋に毎日佇《たたず》み、川の流れの中に水の泡が浮かんでは消えていくのを眺めながら、『方丈記』のことを思った。国や時代が違っても、災害がもたらす悲しみや、容赦ない老いのスピードに違いなどない。

川の対岸に障害者施設「スペシャル・ニーズ・カフェ」がある。外壁にはエミリー・ディキンソンの詩の一節が記されていた。「愛される者に死は訪れない。愛とは不滅だから」(Unable are the loved to die, for love is immortality.)。

今も被災地に暮らす人々に、そして災害で愛する人を失った人々に、私はリフィー川の水音を贈りたい。川は流れ、泡は浮かんでは消えていくが、私たちの愛は、そして私たちが愛する人々は、永遠に生き続ける。

祇園精舎の鐘の声、諸行無常の響きあり。沙羅双樹の花の色、盛者必衰の理《ことわり》をあらはす。おごれる人も久しからず、ただ春の夜の夢のごとし。猛《たけ》き者も遂《つひ》にはほろびぬ、ひとへに風の前の塵《ちり》におなじ。

（『平家物語』冒頭）

現代語訳

祇園精舎の鐘の音には、諸行無常の響きがある。沙羅双樹の花の色は、盛者必衰の道理をあらわしている。おごり高ぶる人も長くはない。それはただ春の夜の夢のようだ。勇猛な者も最後には滅びてしまう。それはひとえに風の前の塵と同じだ。

The sound of the bells of Gion Monastery echo with the ever-changing nature of all things. The fading hues on the blossoms of the sala tree signify that all that flourishes must fade. The arrogant do not prevail for long, nothing but a spring night's dream. The mighty in time succumb, dust before the wind.

有名な『平家物語』の冒頭である。平安時代末期、平家一門が実権を掌握した。しかしその栄華は長くは続かず、女性や子どもを含む多数の犠牲者を出しながら、朝敵として滅びてしまった。『平家物語』は源平合戦の模様を、脚色を交えながら語り伝える物語だ。琵琶の弾き語りで伝えられた物語で、耳で聴いて楽しむものでもあった。その文章には口語も含む生き生きとした和語と、漢語の対句のリズム、そして仏教用語の響きとが織り交ぜられている。そこで英訳も、なるべく原文の対句のリズム感を生かそうとした。

これまでに何度か、私は京都・大原の寂光院を訪れる機会に恵まれた。寂光院は数少ない平家の生き残りの一人、建礼門院徳子が余生を送った寺院であり、『平家物語』最終巻、灌頂《かんじょう》巻の舞台である。寂光院は二〇〇〇年に火災で本堂が焼失し、本尊の美しい地蔵菩薩《ぼさつ》像も全身が炭化するほどに焼損してしまった。その悲しい姿を目にして、私は「諸行無常」の理を痛切に感じた。

それは、今も昔も変わらないことだ。『平家物語』で見事に描かれているとおり、この世は無常。とはいえ、寂光院は以前と変わらぬ美しさでたたずみ、黒く焼け焦げた本尊はかえって強い崇敬を集めている。痛々しくも崇高なそのお姿に手を合わせながら、私はフランツ・カフカの言葉を思い起こしていた。

愛するものはやがてすべて消え去ってしまうだろう。しかし、その愛はまたいつか別の姿で戻ってくる。

この言葉を胸に刻み、無常の世にあっても私は希望を持ち続けていたい。

深草の　野辺の桜し　心あらば
今年ばかりは　墨染めに咲け

（『古今和歌集』巻一六・哀傷・八三二番、上野岑雄）

現代語訳

深草の野に咲く桜よ、もし心があるならば、今年だけは墨染めの色に咲いておくれ。

Dear Cherry Blossoms
on the plain of deep grasses
if you have a heart,
for this year only,
please bloom in black.

墨染めは喪服の色。現代の感覚では黒だが、実は墨で染めた色は濃い灰色になる。英訳に悩んだが、文字通りの訳in black ink dyeではなく、詩的で伝わりやすいbloom in blackとした。英語圏でもblackは喪服の色である。

『古今和歌集』詞書には「堀川の太政大臣（藤原基経）が亡くなったとき、（なきがらを）深草の山の墓所に収めたあとに詠んだ歌」との旨が書かれている。作者は『古今和歌集』『後撰集』に各一首入ったほか、経歴が伝わらない。つまりこの哀悼が、彼の名を歌人の名として記憶させたのだ。

この歌は『源氏物語』薄雲巻にも引用されている。最大の憧れであった藤壺宮が亡くなったあと、光源氏が独りこれを口ずさみ、哀悼するのだ。この歌がずっと亡き人を慕う心に寄り添ってきたことがわかる。

日本文学者のドナルド・キーン先生が亡くなられた際に私の心に浮かんだのも、この和歌と、W・H・オーデンの美しい詩の一節「すべての時計を止めてくれ」だった。どちらの詩にも深い喪失感が表現され、また「墨」「黒」のイメージが用いられる。キーン先生は日本文学を世界に紹介された先駆けであり、先生の開かれた道の後を追った私に対しても、万事にわたり優しく、応援してくださった。高潔な人格者であられた。

私にとって、キーン先生の死はまさに黒というイメージがぴったりだったのだ。失われたのは色だけではない。光も失われたのだ。先生の死によって、世界から大いなる光がひとつ消えてしまったように感じられた。

調べたところ、基経が死去したのは寛平三年一月一三日だという。この日が西暦八九一年二月二四日にあたると知ったときの衝撃は、なかなか忘れられないだろう。キーン先生は二〇一九年、同じ二月二四日に亡くなった。

ひさかたの　光のどけき　春の日に
しづごころなく　花の散るらむ

（『小倉百人一首』三三番、紀友則）

現代語訳

日の光がのどかに差している春の日に、桜の花は落ち着いた心もなく散ることよ。どうして静かな落ち着いた心もなく、あわただしく散るのだろうか。

Cherry Blossoms,
on this calm, lambent
day of spring,
why do you scatter
with such unquiet hearts?

「ひさかたの」は枕詞なので意味は定かではなく、普通訳さない。しかしその特別さを示したくて、後に続く「光」を日常では使わない雅語lambentと訳した。柔らかに輝ききらめく、そんな素敵な言葉が英語にもある。

私の翻訳者としての歩みは二〇〇八年に、『百人一首』の訳に着手した時から始まった。この秀歌選は私の人生を変え、そして今なお変え続けている。

百人一首は、友であり恩師の日本文学研究者、加藤アイリーンさんが紹介してくれた。翻訳には大変な時間がかかり、原稿はどこもアイリーンさんの入れた直しで真っ赤になった。この赤く染まった原稿は、今や私の最も大切な宝物の一つだ。

私が翻訳を終えると、アイリーンさんはそれを、ドナルド・キーン先生に見せた。キーン先生から評価をいただき、コロンビア大学出版局に紹介された。出版された翻訳は、二つの賞をとった。その後すぐに、アイリーンさんは亡くなった。

時は流れ、私は英語版の百人一首カルタを作ることにした。百人一首の歌を翻訳し直し、英文も和歌の五句に合わせて五行に収めた。この試みには数年を費やし、いつしか百人一首は私の生活の中心になった。

春にふさわしい、紀友則の桜の一首を紹介したい。この歌の枕詞「ひさかたの」は、後に続く「ひ」「は」の音とともに、穏やかな春の調べを奏でている。しかし最も美しいイメージは、花の擬人化からくる。英訳ではひと工夫して、直接花に呼びかけるような意味合いを加えた。日本語は間接的な言い方を好む傾向があるが、英語では親密さを好むからだ。

アイリーンさんが亡くなる前に、彼女と一緒に京都で花見をし、藤原定家の墓に詣でた。春を迎えるたびにこの美しい歌を思い出し、命の儚さと今は亡き友へ思いを馳《は》せる。この和歌は、アイリーンさんの最も好きな歌だった。

春日野に　斎《いつ》く三諸《みもろ》の　梅の花
栄えてあり待て　帰り来るまで

（『万葉集』巻一九・四二四一番、藤原清河）

現代語訳
春日野に祀《まつ》る社の梅の花よ、咲き誇って待っていてくれ。帰ってくるまで。

Dear Plum Blossoms at the shrine
where the god is worshipped
on the Plain of Kasuga —
flourish in blossom
and wait for me till I return home.

作者の藤原清河は、天平勝宝二（七五〇）年九月に遣唐大使に任命され、二年後に唐に渡った。その後、日本に帰ることができず唐で生涯を終えた。

遣唐使として出発する際、春日の地で無事を願って神に祈りが捧げられた。その時に詠まれたのがこの歌である。咲き誇る梅が詠まれているから新暦二月ごろのことだろう。

祭りの日、叔母にあたる藤原太后（光明皇后）から清河に無事を祈る歌が贈られた。遣唐大使に藤原氏から選ばれたのは初めてのことだったので、一族全員が春日の地で、旅の安全を祈ったのだろう。それに対して清河はこの歌を返している。自身の無事を祈るだけではなく、梅の花に光明皇后をはじめとする藤原一族を重ね、その弥栄《いやさか》を寿《ことほ》ぐものだったといえる。

春日大社は藤原氏の氏神を祀った神社で、七六八年に創建された。創建はこの歌を含む『万葉集』の歌々が詠まれた時よりも後だが、

『万葉集』には春日を詠んだ歌が多く見られ、古くから神聖な場所とされてきたことがわかる。今も、約三千基の灯籠《とうろう》に明かりを灯《とも》す万燈《まんとう》籠《ろう》など、様々な神事が行われている。また四月中旬から五月上旬にかけて咲く藤の花も有名だ。

二〇二三年一二月、私は春日大社の摂社・若宮社の「おん祭」に参加した。真夜中から行われる「遷幸の儀」では、若宮神が神官たちにかこまれてお旅所《たびしょ》へと遷《うつ》される。神輿《みこし》を使わず、古代のやり方にのっとって榊《さかき》の枝で神を囲んでお遷しする。神が傍らを通り過ぎる時には参列者全員が「オー、オー」と唱え、とても神秘的な雰囲気になった。

私は多くの方々の支援のもと、万葉集歌を全て英訳する事業を同年の春から開始した。この歌は春日大社の萬葉植物園の歌碑から選んだ。茂野智大氏、大島武宙《たけおき》氏、鈴木雅裕氏、長谷川豊輝氏の協力を得て、翻訳は順調に進んでいる。

あとがき

この本は、朝日新聞で五年にわたって連載したコラム「星の林に」から抜粋したものです。このコラムのタイトルは、私が今翻訳に取り組んでいる『万葉集』の中の、お気に入りの歌からとりました（本書八頁参照）。夜空の星々のように多種多様な和歌の世界が果てしなく広がっている様子をイメージしたのです。このコラムは二〇二四年三月に終了しましたが、まだまだ書きたいことは星の数ほどもあります。

各時代の専門家の協力を得たため、どの時代の詩歌も自信を持って訳すことができました。これからは、日本国内はもちろん、海外に向けて、日本の詩歌の世界を発信していきたいと思っています。古典の詩歌が、現代の社会問題を考える上で多くのヒントを与えてくれることや、この時代に古典をどのようによみがえらせることができるのかを、明らかにしていきたいと考えています。

読者の方々からも多くの素敵な手紙をいただき、多くの新しい出会いもありました。例えば、私が英訳した『伊勢物語』の歌を読んだ小説家の髙樹のぶ子さんから、彼女の素晴らしい小説『業平』を英訳してほしいという手紙をいただいたことがありました。これからその翻訳を海外に向けて出版する予定です。

古典文学はそのまま読むのが難しく、英訳を読んで初めて歌の意味を理解したと言う日本の方も大勢います。英語で和歌を読むことで、英語の世界への扉が開かれるだけでなく、新しく刺激的な方法で自国の文化と出会い直し、新しい教養を身につけることができるのです。

この本では、私が日本の詩歌に抱く情熱と、それが私の人生にもたらした喜びを、皆さんと分かち合いたいと思っています。この本で出会う歌が、皆さんの心の夜空を照らす星のような存在になればと願っています。そして何よりも、詩歌やエッセイを読むことが楽しいものになることを願います。

謝辞

五年間で一度もミスなく連載を書き上げることができたのは、多くの方々の協力のたまものです。皆さまに御礼申し上げると共に、ご協力いただいた方のお名前を記させていただきます。

大山恵利奈、岡本光加里、小川倫太郎、加藤勇介、金田房子、兼築信行、川崎佐知子、川崎蓉子、茂野智大、鈴木雅裕、寺井龍哉、寺澤行忠、野中成淳、長谷川豊輝、藤田亜美、星賀亨弘、丸山玄則、守真弓、山口進、山本淳子、山本登朗、山本悠理、吉海直人、ロバートキャンベル、渡部泰明（敬称略・五十音順）。

また、いつも近くで支えてくれている福嶋一晃、松原泰子、三津山憂一、村田真一にも感謝します。

最後に朝日新聞の連載の開始当初からアドバイスをくださり、また本書を制作・編集するにあたり大きな力を注いでくださいました河野通和氏に感謝を申し上げ本書を捧げます。

・本書は、二〇一九年四月三日から二〇二四年三月三十一日まで朝日新聞に連載された「星の林に」をもとに、加筆修正を行い書籍化したものです。
・本書の古典原文の作成にあたっては『新編国歌大観』（角川書店）、『新編日本古典文学全集』（小学館）ほか、多くの資料を参考にしました。
・本文のデザインには京都・三好染工株式会社の友禅染型を使用しました。

ピーター・J・マクミラン

アイルランド生まれ。翻訳家、日本文学研究者、詩人。英文学博士。アイルランド国立大学を卒業後、米国で英文学の博士号を取得。プリンストン、コロンビア、オックスフォードの各大学の客員研究員を経て来日。相模女子大学客員教授、武蔵野大学客員教授、東京大学非常勤講師。『英語で味わう万葉集』『松尾芭蕉を旅する』など著書多数。

英語《えいご》で古典《こてん》　和歌《わか》からはじまる大人《おとな》の教養《きょうよう》

2024年11月7日　初版発行

著者／ピーター・J・マクミラン

発行者／山下直久

発行／株式会社KADOKAWA
〒102-8177　東京都千代田区富士見2-13-3
電話 0570-002-301（ナビダイヤル）

印刷・製本／TOPPANクロレ株式会社

ISBN 978-4-04-400838-3　C0095